· 노인회상동화 ③ ·

할머니와 바나나

글 한국문화다양성연구원　그림 석혜민

한국문화다양성연구원

• 1997 추석 •

부산에 사시는 애자 할머니와 손자 주현이네 가족의 일입니다.
산은 알록달록 단풍으로 곱게 물들고 벼가 노랗게 익어 갈 때쯤이었습니다.
유난히 날씨가 싸늘하게 느껴지던 어느 추석날이었죠.

삐용 삐용 –
시끌벅적한 시장을 지나는 한 경찰차 안에는 할머니가 타고있었습니다.

경 찰1 : 할머님, 댁이 어디세요?
할머니 : 부산... 동구... 초량동...
경 찰2 : 치매 팔찌를 하고 계시는데요?
경 찰1 : 한번 확인해보자고.
경 찰2 : 선배님, 할머니 집이 수영구인데요?
경 찰1 : 할머니~ 수영동이 할머니 댁이시죠? 댁으로 모셔다 드릴께요~

경찰아저씨들이 할머니의 팔찌를 발견했습니다.
부산 수영구 수영동이 새겨져있었습니다.

• 할머니의 집 앞 •

띵 - 똥 -
손　자 : 누구세요?
경 찰1 : 안녕하세요. 강애자 할머님 댁 맞으신가요?
손　자 : 네! 저희 할머니 집 맞아요!

주현이는 할머니가 없어진 걸 알고 사방으로 찾으러 다녔습니다.
할머니의 행방을 알지 못하고 발만 동동거리고 있는 동안 경찰관은 시장에서
할머니를 발견하여 집으로 모시고 왔습니다.

손　자 : 할머니! 어디 갔다온 거에요! 없어져서 걱정했잖아요!

손자 주현은 헐레벌떡 뛰어나와서 눈물을 글썽거리며 할머니를 끌어 안았습니다.

손 자: 애자씨~ 어디 갔다 왔어요?
할머니: 우리 손자 주현이 바나나 사러 시장 갔다 왔지~
손 자: 와~ 정말? 할머니 바나나 주세요. 바나나~

• 1987 추석 •

시끌시끌 ~
추석 준비 중으로 바쁜 애자 할머니네 댁입니다.
명절 음식 준비로 바쁜 며느리들은 손자 주현이를 챙기지 못했습니다.
바나나를 너무 먹고 싶었던 손자 주현이는 할머니 옷자락을 끌며
바나나를 사달라고 했습니다.

손　자 : 바나나~ 할머니, 바나나 주세요~
할머니 : 우리 주현이 바나나 먹고 싶어? 바나나 사러 갈까?
손　자 : 응! 할머니 가자!

• 택시 안 •

할머니 : 아저씨~ 국제시장으로 가주세요.
택시아저씨 : 국제시장이요? 네~
손 자 : 할머니! 우리 바나나 사러가는 거 맞지? 국제시장?
할머니 : 그려~그려~ 우리 주현이 좋아하는 바나나 사러가자.

택시아저씨 : 도착했습니다. 3천원이요~

할머니는 계산도 하지 않고 택시에 내려 국제시장으로 갔습니다.
택시 기사 아저씨는 할머니에게 계산을 하라고 소리쳤습니다.
하지만 할머니의 지갑은 며느리가 가지고 있었습니다.

택시아저씨 : 할머니!! 할머니 계산하셔야죠!

택시기사 아저씨는 급하게 할머니를 쫓아가 붙잡았습니다.

•국제시장•

웅성웅성~ 시끌시끌~
택시아저씨 : 할머니! 돈을 주고 가야지 그냥가면 어떻게 해요!
할머니 : 응?... 내가 아저씨한테 돈을 왜 줘요?
택시아저씨 : 택시를 탔으면 돈을 줘야죠!
할머니 : 택시를 탔다고? 내가? 아닌데... 안탔는데...
택시아저씨 : 초량동에서 손주랑 같이 택시타고 오셨잖아요!

할머니는 과일가게 앞에서 손자 주현이에게 바나나 하나를 주었습니다.
할머니가 택시 기사 아저씨와 실랑이를 하는 사이에 손자 주현이는 해맑은 얼굴로 바나나 한개를 먹고 있었습니다.

과일가게 아줌마 : 아가 엄마 어딨어?
손　자 : 할머니랑 왔어요.

주현이는 택시아저씨와 실랑이를 하고 있는 할머니를 불렀습니다.

손　자 : 할머니! 계산! 계산하래! 만오천원!
할머니 : 계산을 안했던가... 돈이 어디 갔지...?
과일가게 아줌마 : 이 할머니가! 추석 대목부터 재수없게! 얘! 바나나 두고 저리가렴!

과일가게 아줌마와 택시 기사 아저씨의 큰소리에 주변 사람들이 모이기 시작했습니다.
국제시장을 지나가던 경찰이 과일가게 앞으로 왔습니다.

경　찰 : 왜 이렇게 시끄러워요? 무슨 일이세요?
과일가게 아줌마 : 아니! 저 할머니가 돈도 없으면서 손자를 데리고 와서 계산도 안하고
　　　　　　　　바나나를 먹고 그냥 갈려고 하잖아요!

경　찰 : 할머니 성함이 어떻게 되세요?
손　자 : 우리 할머니 이름은 강! 애자! 자자! 예요!
경　찰 : 할머니 계산하셔야죠?
할머니 : ……
손　자 : 계산해야지! 할머니!

•산복도로•

경　　찰 : 할머니 댁이 어디세요?
할머니 : 그게... 기억이...
손　　자 : 우리 할머니 집은... 부산 동구 초량동이예요.
경　　찰 : 할머니가 정신이 없으신 것 같으니 일단 댁에 모셔다 드려야겠습니다.
　　　　　할머니 집에 가시죠.

할머니와 주현이는 경찰차를 타고 초량 할머니 댁으로 갔습니다.

· 집앞 ·

삐용 – 삐용 – 웅성웅성
경찰차에서 할머니와 주현이가 내리는 것을 본 며느리는 놀라 집 밖으로 나왔습니다.

경 찰 : 강애자 할머니 댁 맞습니까?
며느리 : 네 ? 무슨 일이신가요?
경 찰 : 할머니가 손자와 같이 국제시장 가서 택시 요금과 손자가 먹은 바나나도
　　　　계산을 하지 않아서 모시고 오게 되었습니다.
며느리 : 정말 죄송합니다. 명절 음식을 준비하느라 어머니께서 나가셨는지도 몰랐네요.
　　　　제가 계산하러 가겠습니다.

• 경찰차 안 •

경 찰 : 할머님이 기억력이 많이 안 좋으신 가봐요…?
며느리 : 네… 저희 어머님 기억력이 예전 같지 않으시네요
그래서 제가 어머니 지갑을 가지고 있었어요.
손 자 : 엄마! 경찰차야~ 경찰 아저씨~

• 과일가게 앞 •

며느리 : 아주머니… 저희 어머니가 기억력이 예전 같지
않아서 지갑을 들고 가시는 걸 잊으신 것 같아요.
죄송합니다.
과일가게 아줌마 : 아… 네… 그런 거였군요.
제가 실수를 한 것 같네요.
아가~ 아줌마가 미안했어~

할머니의 사정을 들은 과일가게 아줌마는 미안해 했습니다.

그리고 며느리와 주현이는 집으로 돌아왔습니다.
집 앞 계단에서 주현이를 기다리고 있는 할머니는 주현이를 업고 계단으로 올라갔습니다.

• 1997 추석 •

주현이와 할머니가 이야기 하는 것을 본 며느리는 어느새 훌쩍 커버린 주현이에게 추석 제삿상에 올릴 바나나를 사러 할머니를 모시고 수영 팔도시장에 다녀 오라고 말했습니다.

손 자 : 애자씨~ 우리 어디 갈까? 바나나 사러 시장갈까?
할머니 : 응~ 우리 주현이 좋아하는 바나나 사러 가자~
손 자 : 애자씨~ 내가 업어 줄게

주현이는 할머니와의 옛추억을 회상하며 할머니를 등에 업고 시장으로 향했습니다.

할머니와 바나나

초 판 1쇄 발행 2022년 11월 18일
재 판 발행 2023년 1월 21일

지은이　레벤그리다 한국문화다양성연구원
그　림　석혜민
펴낸이　강현주
기　획　(주)레벤그리다 한국문화다양성연구원
디자인　(주)레벤그리다 한국문화다양성연구원

펴낸곳　(주)레벤그리다 한국문화다양성연구원
등록번호　제331-2021-000021호
주　소　부산광역시 남구 신선로 428
전　화　051-923-2205
이메일　lebengrida@naver.com
홈페이지　lebengrida.modoo.at

ISBN
가　격　18,000원

* 잘못된 책은 바꾸어 드립니다.
* 이 출판물은 저작권법에 의해 보호를 받는 저작물이므로 무단전재와 무단 복제를 할 수 없습니다.

노인회상동화는
우리나라의 30~90년대를 보내신
노인들의 실화를 바탕으로 제작된 동화책입니다.
레벤그리다의 회상동화시리즈 중
세번째인 '할머니와 바나나'는
1980년도에 있었던 할머니와 손자의
따스한 과거를 담은 이야기입니다.

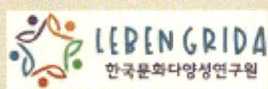

lebengrida.modoo.at
lebengrida@naver.com

값 13000 원
93330

ISBN 979-11-975991-5-6